KB023629

절망의 아침에 절망하는

절망의 아침에 절망하는

종렬

디자인이음

작가의 말

삼

작가의 말

1부

2부

3부

4부

1부

꿈에

시절을 노래할 적이면
당신을 떠올립니다
시절을 노래하려거든
나를 떠올리십시오

호시절은 갔지만,
한 번쯤 꿈에서 만나겠지요

창경궁 연화

마르기 전에 포옹해주세요.

원앙 한 쌍이 들풀 숲으로 갑니다.

까치는 총총, 어린 가지를 물고 장난을 놉니다.

구십은 족히 되어 보이는 노신사가 있습니다.

초하를 낚는 강태공 무리와 조금 떨어진 곳에서 한

참 동안 못을 들여다봅니다.

빼빼한 두 다리로 서서 유사(幽思)에 잠겨 있습니다.

죽고 살고 하는 것이 이곳의 새로운 일과입니다.

거짓을 말하지 않습니다. 차별은 더더욱 않습니다.

죽이고 살리고 하는 것이 이곳의 오랜 현안입니다.

사랑에는 계절이 없습니다. 궁궐 안의

온 나무의 가지마다 사랑이 열렸습니다.

온 사랑이 노을과 함께 예쁘장하게 익어갑니다.

슬기로운 선조의 가르침과

겸손한 후대의 깨달음이겠지요.

아, 금일의 사랑은 백색 살구꽃의 지혜입니다.

아무것도 담지 않기로 한다

스뎅 의자 끝에 걸터앉은 남자의 진녹색 코트 자락이 멋스럽게 활공한다. 책장을 넘기는 손가락의 리듬에 넋을 놓고 집중하다 쨍그랑 시선이 맞부딪힌다. 저유연하고도 검은 눈동자에 그동안 얼마나 많은 자음과 모음이 담겼을까. 잘 정돈된 생각을 말하는 진중한 입술을 상상하자 몸이 확 달아오른다. 남자를 감싸는 것은 성탄절 전날의 부산스러움과도 같아 귓가에 종소리가 묵직이 울린다. 충돌한 시선은 차게 부서져 문장끝 온점의 경직된 비쩍 곯은 다리에 내리꽂힌다. 공간의 시간마저 정지되고 이내 격정적인 합주가 두 시선의 벌어진 거리를 풍부하게 채운다.

이미 충분한 것들로 충분하여 나는 아름다운 오늘밤, 아무 분위기도 섞지 않기로 한다. 날 것을 집어넣음으로써 박탈당한 감각을 날카롭게 한다. 감정의 가시를 뭉그러뜨린다. 흐린 분별력이 문제인지, 호젓한밤의 유혹이 문제인지. 색, 빛, 명암 등의 사치는 잠시

접어 두기로 한다. 오롯이 칠흑의 샛노란 직선만을 주
시한다. 간단하여 간지러운 밤.

후두두.

한산한 거리가 종일 소복이 쌓인 눈으로 총총하다.
차분한 소란이 빛을 명중하여 모든 시야를 가린다. 습
격당한 밤치고는 꽤나 그윽한 밤이다. 트레이싱 페이
퍼 위에 그려진 설산 꼭대기에 선홍빛 응달이 덧칠 된
다. 얼마 안 가 참혹히 폭발할 것이다. 보아라. 저기
저 정중앙의 고른 호흡을.

오십육 년

울 수 없어 웃었다
나보다 더 아픈 사람이 많으니까
근데 평생을 생각해 보아도 내가 제일 아픈 것 같다
울 수 있는데 울지 말라 하여 웃으려 했다가
그냥 자지러지게 울었다

녹아 사라질 듯,
이리도 내 공허가 모자랐던가
강이 되지 못한 몸은 못이 되었다
강아지를 껴안은 소나무 아래 흙이 추근해졌다
울다 죽어버릴 최초의 사람이고 싶다

허공에 침을 탁 뱉는데
욕심보다 중력의 힘이 더 세다

누워서 올려다본 하늘은
아버지의 눈보다 높다

다른 세계로 가는 사람 1

당신은 다른 세계로 가는 사람 같다

왼쪽 가슴에 사랑이 피었어요,
라고 내가 말하자

이제야 알아챘구나 이 당연한 것을!
오, 귀여운 소녀!
라고 말했다 당신은

전체를 버리고
당신을 보고 있노라면

언제인지 모를 소피아가
긴 시간을 찾아 헤맸던 세계가
바로 지금, 이곳이지 싶다

다른 세계로 가는 사람 2

당신은 다른 세계로 가는 사람 같다

왼쪽 가슴에 사랑이 피었어요,
라고 네가 말하길래

이제야 알아챘구나 이 당연한 것을!
오, 귀여운 소녀!
라고 나는 말해주었다

신을 증명하라 하여
그 증거로 너를 보인다면 감히 어느 누가 부정할 수
있을까
인간세계에 속한 것이 아닌 마냥
빚어놓은 듯 아름다운 선을 띤,
나를 보는 너를 마주 보고 있노라면

영원을 찾아 헤매며 사뭇 정착하지 못했던 나의 요

새가

바로 지금, 이곳이지 싶다

꽃

꽃은 유명을 잇는 문지기다
역병으로 죽어가는 자식을 바라보아야만 하는 부모
의 통곡에도
유성이 떨어진 민가로부터 들려오는 갓난이 산성에
도
꽃은 만고상청 거기에 있었다

오호, 애재라

꽃은 절기마다 이별을 맞는다
생잎을 잘라내는 고통을 어찌 알리오
발끝에 쌓인 시구를 묻을 손이 없으니 바람께 청해
야지요
불에 타 희열하는 저 단풍나무의 군무와 같이
나 역시 훨훨 날아갈 테지요

오호, 호재라

그럼 내세의 내 스승은 행하실 겁니다

꽃이 피는 시간에 맞춰 마중 나가자

일기의 탄생

흘러가는 대로 두었더니 시가 되었고
흘러가는 대로 지웠더니 삶이 되었고

흘러가는 대로 불렀더니 이름이 되었고
흘러가는 대로 그리워했더니 당신이 되었다

아, 감동이어라 이 우주는
난 우주의 먼지로 남아 당신도 모르는
당신의 제3구역을 떠돈다

나의 우주

왼쪽에서 오른쪽으로
천천히 사랑한다

그래야
당신이 품은 모든 계절이
가까스로 보인다

한 번에 담기에
당신이라는 사랑은
내게 너무 거대하다

그 우주에 영원히 깔려
죽고 싶다

닮았지

당신 얼굴은 시집을 닮았지
두툼한 입술이 굴리는 말, 이보다 더 후텁한 이야기
가
지구에는 없다

남자의 대화는
극심히 우울하여 발 주변의 땅까지 파랗게 옮은 장
마 기간의
고속도로 위 차로 세 시간을 내리 달리는 산소가 부
족한 종로행 버스 라디오를 타고 나오는 발라드를 닮
았지

「이 부근에서 죽을 때면 늘 행복해,
내가 잘하는 것들로 가득 찼으니.
뒷좌석에 진심을 놓아두고 가니
아무개 씨,
나를 발견하거든 제일 먼저 꺼내어 잘 간직해 줘.」

우리가 다시 만날 날이 있다면, 그때—

노송의 바짓단에 집을 짓고

자네, 왜 그렇게 사나?

왜 이렇게 사는지 알았다면
내가 지금껏 이러고 있겠습니까?

온 들판이 색동 입는 시기이니
나도 따라서 수줍어하렵니다

이 빛, 성실히
간직하고 있으면
평생에 한 번쯤은 터지는 날 있지 않겠습니까

죽어있는 사람처럼 살겠습니다
허무한 듯 찬란하게
농염하게 생경한 듯

밤과 입술과 밤

입 밖으로
도망치려는
말들로 입을
막아라

눈을 닫고
귀를 접고

인간이 가질 수 있는
가장 밑바닥에,
졸도해있는 진실을
해석하라

밤을 도적질하라는
말이다

인간의 신분으로

인간을 속이라는
것이다

그런데도
설치거든

썩둑

입술을 잘라라

영월, 아침, 매화

중심을 어디에 두느냐에 따라 모든 것은 바뀌죠.
눈앞의 진홍빛 매화를 보세요. 저기 저 악산보다도
높잖아요.

당신, 손을 하늘만큼 뻗어봐요.
그리고 여기, 당신의 붉은 가슴을 보세요.
그사이 또 온 세상을 품었잖아요.

시시로 우리는 머리를 조아릴 수도 있어요.
여기서 집중할 것은, 신념은 멀리 가게 두지 말 것.

단발머리를 한 소녀, 바다를 영사해놓은 듯한 그대
눈동자에 가벼운 옷차림으로 뛰어듭니다.

자, 이제 눈을 감아요.
이 동산만 넘으면 그려온 그곳에 닿을 수 있어요.
꿈은 어머니의 뱃속에서부터 시작되었죠.

형

형
나 오늘 마음이 아파서
이러다간 정말 무슨 일이 날 것 같아서
명치에 불을 질렀어

그때,
어깻죽지에 불길을 펄럭이며
파랑새가 날아가려 하는데

나는 재빨리 그 새를 낚아채
목을 비틀어 버렸어

미안할 것 없어
내 마음이 아팠으니까

오늘 밤, 산에 올라 묻어줄 거야
기도하면서 물어보게

파랑새야

네 목을 비틀지 않고 날아가게 두었다면

지금쯤 너는 시계탑 겨울 가지에 앉아 꽃이 되었을

지도 몰라

한겨울에 꽃의 발화를 목격한

찬 겨울보다 더 찬 사람들은

너를 디지털 프레임 안에 가두겠지

하지만 기적 없이

새는

죽었고

애기산을

갈잎으로 덮고

그 위에 새의 날개에서 몰래 따온 불씨 한 알을 올

려 두었어

이제 가자

형
내 뒤로 세상이 빠르게, 밝게, 뜨겁게 빛나고 있어
숙명을 거부한 파랑새들이 무리 지어 왔구나

근데 형
내 명치에 큰형님 주먹만 한 구멍이 생겼어
이 구멍이 점점 커져서 나중엔 나를 먹어버리면 어
쩌지?
내가 사라지면 나는 누가 될까?
누가 내가 될까?

봄이 되면 같이 숲으로 꽃구경 가자고
엄마랑 약속했는데

다신 목숨을

녹는 하드처럼

여기지 않겠다고 다짐했는데

서로 끌어안고 엉엉 울었는데

봄 인사

도대체 어디서부터 그리고 왜, 사랑이 시작된 것인
지 몰라요
단지 어느 따뜻한 봄날에 서로의 예감이 맞았던 거
예요
아, 벚나무 숲에서 불어오는 바람에
세상이 온통 연분홍 옷을 입은 아기곰처럼 보일지
라도
이 봄에 제일 떨리는 이 또한 당신이라는 봄이기에
나는 좀 더 단정해지기로 했어요

밤에는 별자리 이름을 맞추며 잠에 들어요
이 별이 당신의 머리 맡에도 떠 있기를 바라요
나는 한세월의 별만큼 당신을 사랑할 거예요

그럼 당신은 내 눈앞에 별처럼 얘기해줘요

아이, 예뻐라.

봄아, 좋아해.

봄이 아닌 곳에서는 단 하루도 살 수 없다고 말이에
요

묻는다는 건

"흩날리는 목백일홍 꽃잎 수의 두 겹을 더한 곱절만큼
아끼고 좋아해"

에 묻었다 강요에
묻었다 구름의 독백에
묻었다 가슴에
묻었다 달의 입꼬리에
묻었다 모퉁이를 돌 때까지 집에 들어가지 않고 손
을 흔드는, 백미러 속 노모의 서랍에 가지런히 정돈된
물건들에
묻었다 묻기를
묻었다 물음에
묻었다 볕이 짧고 별이 긴 산마을에
묻었다 선명한 해거름에
묻었다 소강에
묻었다 안부에
묻었다 영원에

묻었다 원망에

묻었다 오므린 동백의 그늘에

묻었다 오색의 고백에

묻었다 잠 못 드는 밤에

묻었다 저려 잘라낸 허리에

묻었다 타오른 장작에

묻었다 동그란 정수리 위에

향긋한 꽃닢이 살포시 모로 눕는 것으로

웃는다

자연시

자연에서 시를 쓰고 싶다.
해, 별, 불, 꽃, 바람, 사람…
읽는 이의 마음이 따뜻해지는 시를 쓰는 사람이 되
고 싶다.

자연의 정중앙에서
가장 자연스러운 자세로
가장 자연스러운 시를 쓰고 싶다.

끊김 없이 부르는 노래와

박새의 재잘거림에 화답하고
별에 시선을 맞추고
고양이의 외로움에 동참하고
꽃의 미소와 마주 보고
사람의 탄생과 죽음을 기념하고
해의 손길을 맞이하며

자연으로 돌아가는 순간까지

내가 낳은 것들에 부끄럽지 않게 사랑하고 싶다.

그러고 싶었다.

아이야

아이야,

온 자연을 담은 빛나는 눈동자를

어머니의 냄새를 간직한 코를

의심하지 않는 귀를

사랑을 모으는 입을

맑은 공기와도 같은 머리를

이별을 모르는 꼭 잡은 손을

발길이 닿지 않은, 끝없이 펼쳐진 길을 걸을 발을

닳지 않은 신록의 꼬리를

어둠에서 자라는 용기를

진실한 마음이 보내는 신호를

어떠한 충격에도 깨지지 않는 지혜를

순백의 아담한 몸까지

아이야,

너를 닮고 싶구나.

못내…

하루가 지나간다

이 조용한 고백이 좋다

비가 주룩주룩 온다

이 조용한 소문에 졸다

마음까지 함빡 젖어서야

깬다

오전 여섯 시,

무얼 하기도

가만있기도 뭐한 이 시간의

나는 머릿속으로 편지를 쓴다

중얼중얼 쓰다 보면

어느새 여덟 시,

두 시간 후에는 어딘가로 향하는 길일 테고

열다섯 시, 늦은 밥을 먹고

이십 시, 안부 전화

하루가 흘러간다
이 조용한 고백이 좋다
비가 주룩주룩 내린다
이 조용한 소문에 졸다
마음까지 함빡 젖어서야
깬다

다시
오전 여섯 시…

눈물이 난다

하얀 새벽

세상에는

죽은 탄생이 많다

죽은 노래가 많다

죽은 무용이 많다

죽은 수기가 많다

죽은 사람이 많다

죽은 언어가 많다

죽은 정성이 많다

죽은 사랑이 많다

죽은 안부가 많다

죽은 죽음이 많다

태어나지 못한 것은 죽었다고 해야 할까

소중한 것을 잃어버린 것을 죽었다고 해야 할까

지다 차오른 별은 죽었다고 해야 할까

순환하는 계절의 막바지를 죽었다고 해야 할까

생을 부정하는 자는 죽었다고 해야 할까
무화를 살리려는 노력은 죽었다고 해야 할까

살자, 살아내자, 살아지자. 사라지면,
사라지면 말이야.

살았다고 해야 할까.

그때, 당신은 안도했으면 하고 감히 바라본다.

2부

이 시의 모든 온점을 잊지 말아요

당신이 나를 모르게 합니다.
당신은 나를 모르게 합니다.
하고 싶은 말이 정말 많아요.

매일 밤 죄책감이 나를 재우고
매일 밤 나는 오래 웁니다.
가장 예쁘게 말할 수 있을 때,
해야 할 말이 정말 많아요.

단 밤

저 달은 너무너무 노랗고
내 볼은 너무너무 붉고
네 눈은 너무너무 까맣고

떨림이 없었다기엔
이 밤이 너무 달다

깊은 밤, 휘영청 밝은 저 달 아래 꽃이 피었다
또 한 생명이 태어난 모양이다

나무를 닮은 밤이 저문다
아무래도 너무 달다

멜론 빙수

너랑 통화하면서 멜론 빙수를 먹으려고 냉장고에서 미리 꺼내두었는데 너는 답장이 없고, 전화를 하자니 밤이 늦었고 그사이 빙수는 휘휘 저을 수 있을 만큼 녹았고, 새삼 깨달았어 원래 나는 꽝꽝 언 아이스크림만 먹는다는 걸 보기만 해도 기분 좋아지는 연두색이 오늘은 참 덥다 너도나도 여름도 다,

연이야

　기록과 일기를 구분 짓는 것은 괴로운 일 중에서도
단연 가장 괴롭다고 생각했을 때, 사납지만 귀여운 연
이가 내게로 왔다 우리 행복의 유무에 대하여 골똘히
고민해보아도 영 나오지 않는 답에 쓸쓸하지만, 창밖
에 서 있는 몹시 괴롭고도 즐거워 보이는 나를 내다보
며 흑맥주를 마시다 문득 생각했다 맥주 거품만 따로
파는 상점이 있다면 그곳이 어디든 당장 떠나겠다고
그대의 숨이 깃든 유리잔에 내 지독한 영혼을 불어넣
어—

　… 당분간 영감은 없을 듯싶다
　차라리 그편이 낫겠다

오독의 풍파

언젠간 꼭 나만의 작은 정원을 가꾸겠다는 소싯적 꿈이 있었다

나의 방은 미처 채워지지 못한 말의 부호들로 가득했다 처음 이사 오던 날, 적은 예산이었음에도 불구하고 동대문시장으로 가 고심 끝에 식물색 벽지 하나를 골랐다 열심히 고른 나의 보물은 얼마 지나지 않아 사방으로 늘어진 도시 숲에 햇빛이 완전히 차단되어 결국 숨을 잃어버렸다 진초록색은 차차 갈색으로 시들더니 삽시간에 검게 말라 죽었다 이제는 미동조차 하지 않는 벽에 나의 꿈, 찰나의 분노, 나아진 살림, 대상 미상의 그리움이 숨을 텄다 개중에는 갈라진 벽지 사이로 제 몸을 쏙 끼워 맞추기도 했다 저놈은 분명 곧 부패하여 고약한 냄새를 풍길 게다

매일 새벽, 나는 펜을 집어 들었지만, 수차례 글을 절었다 처음이 없으니 끝도 없다 누런색의 빳빳한 갱

지 위에 점 하나 찍지 못했고 손때가 타 말려 들어간
모서리서부터 찬 계절이 서렸다 오늘도 방안은 새로운
군식구들로 북적인다 단지 그뿐이다 달라질 건 하나도
없다

무통의 통증

심장을 먹어요.
한 조각 먹는다고 죽지 않아요.

뇌를 마구 먹어요.
저 부푸는 몸집을 봐요.
먹지 않으면 언젠가 죽을 거예요.
제풀에 꺾여 터져 죽거나 아니면

당신이 잡아먹히거나.

언니

언니 일어나 아침이야 어젯밤 산책길에 부러진 다리는 내가 얼추 꿰매놓았어 얼른 아침 먹고 산책하러 나가자 어릴 적 추위를 많이 탔던 것 같아서 언니 오기 전에 방을 데워놓는다고 불을 피우긴 했는데 혹시 춥지는 않았어? 내일은 문화시장에 가보자 언니가 좋아하는 밀 떡볶이도 팔고 호두과자 맛있게 하는 가게도 알아 도시에서는 보기 힘든 꽃도 있고 미모의 할머니께서 시계도 팔아 우측 맨 끝 좌판인데 갈 적마다 늘 책을 읽고 계셔 아마 제목이 '황야의 이리'던가?

보름달

설웁던
달은

부족한 틈 부족한
보름달은

제 수줍어
사람들의 소망을 먹어
천생 순한 달은

복이 데구루루 보름달이 되었다
가시를 세우던 달은

보름
한 달이 보통의 반절이기를 소원했다
엿 닷새로 넉넉할 것 같았다

그 시절에는

이러다 또 시를 그만두겠지

모름지기 글은 술을 마시며 써야 잘 나온다고 말하는 선생에 나는 답했다. 모름지기 잠은 술을 마셔야 죽은 듯이 잘 옵니다. 부는 바람, 좋은 상대와의 떨림, 간만에 찾은 입에 맞는 와인까지. 이보다 우아할 수 없을 이십이 시 삼십 분에 나는 말했다. 모름지기 이야기는 술을 마셔야 유연하게 이어지네요. 그래서 우리 이 관계는 말이에요—

3부

절망의 아침에 절망하는

기억나지 않는 밤

문득 당신이 있었던 것도 같고, 아닌 것도 같고

괜스레 눈물이 난다, 미안해진다

나 혼자 맞는 아침이 차다

살았던가, 나는

닭회

저녁으로 닭회를 맛있게 먹고 텔레비전을 보는데, 가는 목구멍에 누가 괘종시계를 갖다 놓았는지 목이 탕탕 흔들리며 불편한 느낌이 들었다.

목욕 도중 가래가 끓어 침을 뱉는데, 가는 목구멍에서 새까만 파리가 나왔다. 파리가 최후의 똥을 싼다. 세면대 왼쪽으로 떨어져 빙글빙글 돌아 오른쪽 하수구로 흘러갔으니, 유언은 거꾸로 쓴다.

.다니랍바 를기히묻 이없 고환 나고사 .를나 느리버 어죽 이없절속 도에음했짓갯날 로으적사필 .오시십보 를나 .다니집어멀 이점점 며하호비 을관방 느리우 고 안품 을복행 느기포 .다니입유소무 은굴얼민 의생 는 없 수 할유소 히원영 도구누 그 .다니합랑사 을생 냥 그 지단 은않 지뭍 도어식수 떠어 .다니입삶 운겨역

열대야(무르익은)

스물셋 여름 이후로, 살면서 이렇게 쓸쓸했던 적이 있었던가.

스물셋 여름 이후로, 살면서 이렇게 쓸쓸했던 적이 있었던가. 아, 저기 저 생동감 넘치는 태양에 녹아 잡초들 사이로 영원히 사라지고 싶다. 기특하게 살아지고 있다고 자주 머리를 쓰다듬었는데, 너무 많이 쓰다듬었나. 그 풍성했던 머리카락은 다 어디로 갔을까. 동그란 머리통이 낯없게도 서 있다. 가려진 시간 사이로 벌여놓은 허물들이 주인 없이 녹아있다.

H 침대에서 H 표 아이스커피를 벌컥벌컥 들이키고 싶은 열대야 열린 밤이다.

조형들

외로움을 털어내는 방법이 어려워서
살면서 시도해 본 적도 없어서
외로움과 나는 아주 오랜 소꿉친구였고
어쩌면 온 우주의 별들을 더한 합보다 많아서
살면서 크게 불편하지 않았다

다만, 나는 자주 앓았다

감기에 걸렸고
인후염으로 학교를 열흘이나 빠졌으며
갈비뼈에 금이 갔다

모든 것은 핑계로 시작하여 거짓으로 끝이 났다

병과 가까워지면 가까워질수록 고독과 멀어졌으며
  다정이 사과를 하면 나는 그 아이의 손을 잡고 세상
으로 나갔다

몸을 움직일 수 있음은 지옥이었고

무엇을 행한다는 것은 구천을 떠도는 나의 몫이었
으며

거듭 말하지 않아도 됨은 천국의 가장 유서 깊은 독
방만이 가지는 자유였다

누구는 정의를 위해서라며 술을 강요했고

누구는 부모를 위해서 동녘 하늘에 대고 절을 했다

　　*

나는 도저히 제어가 안 될 만큼 화가 날 때에는

실록의 숲에 들어가 마구 욕을 퍼부었고

저주받은 인간의 욕을 먹고 큰 나무는 새해를 맞기
전에 반드시 죽었다

71

그리고 먼 미래 동안 난독에 시달렸다

나는 편견에 사로잡혀 모든 나무를 차별했고 좋아
했고 단죄했다

아파도 아파도 아파도 아팠고
기뻐도 기뻐도 기뻐도 기뻤던
생은
나의 첫사랑이자 나의 끝 사랑
입술이자 그릇, 폐암이자 자랑, 명예이자 업, 매화
국의 개국공신, 태양과 가면, 어제와 오늘 그리고 내일
개이자 고양이
말이자 말

색을 아우르는 빛 가루

전시회에서

전시회를 갔다.

A관을 나와 B관으로 가던 중 현장학습을 온 무리를 본다.

열댓 명의 아이 중 한 아이가 운다.

내가 품었던 아이다.

아이가 대충 상처를 닦아낸다.

귀를 도려낼 참인지 왼쪽 손엔 커다란 가위가 들려 있다.

이마가 아닌 눈을 가리는 아이가 있다.

바람은 살을 바르고

파도는 생의 한을 풀어낸다.

손목을 뽑아 일기를 쓴다.

갈비를 뽑아 미련을 찌른다.

꼬리를 뽑으면 어떻게 되는가.

꼬리를 가져보지 못한 나는 무엇이 되는가.

삶의 비탈인가, 죽음의 평야인가.

과분한 기억이 감개무량하다.

그래, 살아서 쇠창살은 죽어서도 쇠창살이다.

나의 아이야, 목을 감싸고 피칠갑 된 저 산의 넋을

위로하자.

우주에서 가장 달콤한 사탕 열 개를 줄 테니,

스스로 꼬리를 뽑지 못한 너의 전부를 내게 맡겨라.

봄날의 소원

어서 빨리 맑은 날이 와주기를 소원합니다.
유채꽃 다발에 사라질 듯이 기쁘고
한 송이 동백에 불시에 슬퍼지는 봄이니까요.
이대로 가다간 단발에 죽어버릴지 몰라요.

천천히 말라가는 것만큼 무명한 변화가, 또 어데 있
을까요?

왜 나는 당신만큼 절실하지 않았을까요.
당신은 왜 절절하지 않았을까요 나만큼.

물을 마시는 행위는 필시 겨울 죽음을 준비하기 위
함이라,
저는 마음의 수도꼭지를 틉니다.
가장 뜨거운 쪽으로 새벽을 둡니다.

또다시 새벽이 열리니, 우리는 닿을 수 없습니다.

다시 또 밤이 오면 이번엔 기필코 봄에 가까워질 수
있으리라 믿으며
몸을 뒤척여보지만, 어쩐지 하늘빛이 밝습니다.

우리는 외따로 경건- 함 −을 챙겨, 서둘러 자연에게
로 갑시다.
그는 단숨에 당신을 단순하게 만들어버릴 테니, 잠
시 삶을 잊어도 좋아요.

밤의 숲은 온 우주의 무덤.
칼라풀한 마스크를 어둠으로 덮고, 자욱이 깔린 안
개는 두 발목을 잡고, 체취를 지웁니다.
서로를 볼 수 없는 우리가 나기- 生 − 위하여 얼마간
꼭 죽어야만 하는 다정하고도 친절한 게임.

아버지는 나에게 화살을 겨눴고, 그 난리 통 속에서도
나는 내 어머니를 똑 빼닮은 아이를 하나 낳았습니다.

수분이 다 빠져나가 한껏 쪼그라든 몸이 자갈에 붙어 꺽꺽 웁니다.

진녹빛이 된 나를 곁에 핀 무꽃이 조용히 안아줍니다.

먼 곳에서 얕게 불어오는 바닷냄새를 맡은 당신이 오솔길을 따라 밖으로 나갑니다.

뿔이 난 것을 보니, 드디어 새 생명을 얻으셨군요. 올곧게 자란 뿔이 총총, 총총, 총총.

왜 나는 당신만큼 절실하지 않았을까요.

당신은 왜 절절하지 않았을까요 나에게.

정신이 흐릿한 와중에도 빠르게 선명해지는 기억 하나가 있습니다.

그토록 앙증스러운 냉이의 꽃말에도 사랑은 없습니다.

당신에게도 어서 빨리 맑은 날이 와주기를 소원합니다.

그럼 우리, 가슴 떨리게 화창한 봄에 만나요.

그 봄날, 나의 전부를 당신께 드리겠습니다.

염 원

누군가 나에 관해 묻거든
그이 엊그제 죽었다고 해주시오

비단 껍데기 덧댄 몸은
하얀 밤의 숲을 떠돌 테니

정신은 잠시 동면한 것이라

근데 지금 시간이 몇 시요?

저기 저 요원한 높이의 천장에 저것은 뭐요?

사랑은 또 한 번 생을

동그란 식탁에 그대와 내가 있다.

우두커니 서 있는 내 주위를 그대가 마구 돈다.

나의 시선을 끌고, 그대 뒤를 따르는 저 검은 그림
자는

그대의 미련인가.

우리의 비련인가.

그것도 아니람 엊그제 저녁놀의 허망함인가.

곳곳에 휘몰아친 꽃비가

영근 사랑을 무너뜨린다.

처절한 방.

사랑이라는 단 하나의 죄로 이곳은 식탁 빼고 다 죽
었다.

비명을 내지를 새 없이 새 영가를 부른다.

어젯밤의

당장이라도 죽을 것 같던

근육통이 그립다.

사랑은 또 한 번 생을 *비껴간다*.

모호 행성

친구의 눈키스가 필요할 때,

신의 눈에 너와 내가 포착된 좌표는 어디쯤일까?

고독의 계절, 희망의 자간,

냉열의 행성- **모호한 그것** -에 결속된 사람들

*

씌어진 글은

별이 죽어 공석이 된 한 면의 스크래치

무한의 몸들을 뉘어도 가리지 않는 밤하늘을

겨우 백여 개 남짓이 수호한다

문장이 타고 있다

흑연을 들이부어

생눈을 멀게 만들자

편견에 사로잡혀 살아온 우리의 생

그로 인해 죽은 건

나의 친구, 나의 애인, 나의 선생, 나의 부모
나의 나와 나

아아, 마음은 별이다
다섯 갈래로 뛰쳐나가고 싶은 원의 오랜 꿈이다
호흡기를 떼어 즉각 아이의 창으로 뛰어듦으로써
제 죄를 씻으려 하겠지
여태껏「영예로운 죽음을 맞은 자」라 기록된 일은
없었다
그의 이름은 "이데아"

재로 남은 문장을 자유롭도록 행성- 모호한 그것 -
의 굴뚝으로 날려 보내자
신의 시야에서 이탈할 기회는 단 하루, 오늘 밤뿐이
다

*

어서 백야로 가, 가서 너의 몸집을 한껏 불려

행성- 모호한 그것 - 뒤편에서 홀로 헤매고 있을 친
구를 불러

원을 애도하기 위한 원의 노래를 부르자

7번 식탁 치즈 케이크

그 좋다던 암스테르담도 마다한다.

그녀는 나를 잊었다. 지웠다.

젊은 날, 모두의 사랑은 낙엽이었다.

붉고 뜨겁고 하얗고 차가웠다.

마지막에는 고요하게 졌다.

자체 중력

우주가 온통 욕망의 먼지 구덩이일지라도
그 가운데서
당신이라는 한 줄기 빛을 보았으니

나는 태아이기에 마땅하다

깊은 밤의 우주 정거장
나의 사랑은 검은 구름을 뚫고 가장 빠르게 달려 당
신에게로 간다

목숨을 줘

가진 것이라고는 목숨뿐. 이 질긴 목숨보다 사랑하
는 나의 당신.

이만하면 책은 충분하지 않으냐고 물었지. 당신이
내게.

전혀 그렇지 않아.

책장 사이로 열린 극악무도한 밤은

이상을 초월하지.

문장에 치여 죽는 기분은

감히 빗댈 곳이 없어.

모서리에 찢긴 살갗은

또 어떻고.

배어 나오는 붉은 탄성은

온 감각을 강고하게 해.

없던 용기가 갑자기 치솟는 것.

원인 없는 결과를 반복하는 것.

몰지각한 계산이 판을 치는 것.

매일 밤 도태를 가장한 성숙을 겪는 내게 나의 당
신,

목숨을 줘.

열애

당신이 나쁘게 사랑하면
나는 아프게 사랑한다

당신이 기쁘게 사랑하면
나는 아파도 기쁘게 사랑한다

내가 나쁘게 사랑하면
당신은 아프게 사랑한다

내가 기쁘게 사랑하면
당신은 기뻐도 아프게 사랑한다

가장 좋은 이야기는
우리가 예쁘게 사랑하는 것이다

문장 끝에 심어둔 씨앗

더 이상 멀어지려 애쓰지 마십시오
나는 처음부터 다 알고 있었습니다
당신이 한 발 뒤로 물러나면 내가 두 발 더 다가가
면 된다고 생각했지만, 그 거리가 벅찼던 나는
우리 시간에 꽃을 피우기로 했습니다.

자, 어서 이 반짝반짝한 꽃길을 따라 아주 멀리 가
십시오

저는 사랑이 다 아물 때까지 이 화단을 가꾸겠습니
다.

성큼 올 날이 올까요
한데 그때, 제가 있을지는 저도 잘 모르겠습니다,

겨울 산

단무지 두 쪽 더 달라고 그러지 못해
우리 삼촌 주먹만 한 밥 덩이만 꾸역꾸역 넘겼네
살점 없는 맹탕이 뭐라고 이리도

성깔 많이 죽은 나에 한숨
줏대 없는 잠바 주머니에 두 숨

어떤 이들의 열, 숨이 관악산을 태웠는가
겨우 고요해지나 싶더니 더 찬 겨울이 오네

알려주십시오

별이 그득한 언덕이나
빛이 그윽한 서울이나

넘치고 부족함은 필시 사람 마음입니다

어머니보다 이른 계절 하날 이겨내고
나는 별에 안부를 묻는 일을 까먹습니다

다짐은 강물 따라 흐르고
노력은 구름 좇아 떠났습니다

아아! 지금 나는 생명 빼곡한 봄입니다

내일은 그만두었습니다
황공한 그 내일들을

운다

난 늘 당신 덕에 감사하고
난 늘 나로 하여금 괴로워하고
밤을 세다, 밤을 새고
헛! 둘! 헛! 둘!
익숙한 듯 시험대 위를 달린다

생각한다
내가 내려놓지 못한 것은
양심의 등에 매달린 생의 무게라고
운다

구경

녹색 자기 잔을 본다
오래—
팔짱도 껴보고, 쓰다듬고, 본다

삼 년간의 짝사랑
그 둥근 귓바퀴엔 다정한 말이 차고 넘친다

나의 정성은
작은 정원 하나 가지지 못하여

들이치는 물보라에도
몰아치는 눈보라에도

안개꽃을 두고 가는 일

하나둘 화분을 들여놓는 일
조금씩 흙을 모으는 일

돌, 나뭇가지 새를 부르는 일

그리고 식물의 집 어머니의 품

큰 슬픔 새벽의 잠

맹렬한 삶일지라도

숲은 누구에게나 있으므로

용기는, 추락하는 밤에 떠오르는 것

희망은, 어둑해진 산등성이에 올라 어선의 불빛을

바라보는 일

동녘의 호흡을 확인하는 일

야간 비행을 떠나는 일

진정한 죽음은 다시 나기를 꿈꾸는 것

생은 이름을 지워가며, 남은 애정을 훨훨 태우는 것

물음도, 답도 기다리지 않는 것

저항하기에는 너무 긴 꿈, 희망을 바라본다

절망은 아이스크림 한 덩이를 떨어뜨리는 것
고급 스포츠카의 주인과 눈이 마주치는 것
행복은 가라앉는 도시를 지켜보는 것일지도
꾸역꾸역 시를 집어먹는 것일지도 모른다

코와 팔꿈치와 갈비와 미처 아물지 않은 골반과 발
목의 모임은
흔한 밤에 이루어지는 가장 흔한 소란

못다 한 꿈

불안은 언제나 곁에 있다

잘 쓰고 싶은 마음은 항상인데,
늘 그보다 더한 죽음이다

낭만을 위하여

멀리 가는 것에 대하여

꿈꾸는 것에 대하여

말씀에 대하여

피어나는 것에 대하여

속삭이는 것에 대하여

이별하는 것에 대하여

불안을 곁에 둔 이들에 대하여

희망하는 것에 대하여

죽음에 기대는 것들에 대하여

파도의 깊이에 대하여

가까워지는 것에 대하여

낭만을 위하여.

감각의 풍요

우린

웃을 줄 알아야 하고

웃는 법을 배워야 하고

결국 웃어야 하고

우린

울 줄 알아야 하고

우는 법을 배워야 하고

결국 울어야 하고

우린

사랑할 줄 알아야 하고

사랑하는 법을 배워야 하고

결국 사랑해야 하고

우린

이별할 줄 알아야 하고

이별하는 법을 배워야 하고

결국 이별해야 하고

우린

우리일 줄 알아야 하고

우리여야 하는 법을 배워야 하고

결국 우리여야 하고

우린

그럴 줄 알아야 하고

그래야 하는 법을 배워야 하고

결국 그래야 하기에

가치를 분명히 하고

오만하지 말고

넘치지도 말고

이유를 귀히 여기고

우린 오늘

알아야 하고 오늘을

사랑하고 이별하고 오늘

웃고 울고

결국 우린

순간을 위해 존재하며

영원토록 빛을 태우는

인간이라는 것

입속의 푸른 말

작은 뭍은 부드럽게 안아주고 싶고
광대한 섬은 힘차게 달려가 안기고 싶다

영감이 필요할 때면 무시로 걸었고
해갈이 되고 나면 냉큼 집으로 돌아가 긴 잠을 청했
다

아직껏 수월했던 밤은 없었고 미련치 않던 아침 또
한 없었으므로

나는 자꾸만 사랑을 하고, 미워하고, 노력한다
무엇을, 누구를, 약속을 기대하고 있음을

생크림 케이크를 좇았고- 이상이여! -
간신히 평정심을 유지했고
어둔 다방을 탐색했다

미치고 싶을 때면

아무도 없는 광장으로 가 외쳤다

내 입으로 할 수 있는, 세상에서 가장 푸른 말을

해독할 수 없는 구름의 언어로

4부

산굼부리

흔들리는 갈대여,
온 바람을 맞이하라!

심야버스

완강한 냉정도 필요합니다.

곧 막차를 놓친 승객들이 밤새 찾아올 거예요.

철새

부지런히 담대해지는 방법은
머리를 목에 바짝 집어넣고
두 눈을 똥그랗게 뜨고
고요히 앉아있으면 된다.
다소 웃긴 모양새여도
꽤 효과적인 방법이다.

당신의 귀여운 머리 위로
엄마를 닮은 따사로운 해가 뜨길!

상상에 웃으며 나는, 바다로 걷는다.

- 월정리 해안도로에서 -

세계의 문턱

이대로 늙어버리면 어쩌지,
이대로 죽어버리면 어떡해.

고양이가 떠난 봄은
상실의 진수성찬,

말하는 법을 잊은 어린 왕자,

꽃의 발코에 눈물은
어머니의 어머니. 나의 어머니의 나의 어머니—

마주 앉은 이 없었던 저녁 시간,
유독 살 냄새가 지독한 식탁 한 면과 의자 하나.

세계의 문턱은 이미 창세기부터 자동 회전문으로
설계되었다.

지금 난,

군밤이 되어

나를 억압하는 것들로부터 벗어나

알몸으로 불 속에 뛰어들고 싶다.

거대한 미래도시의 철저한 통제하에 가꾸어진

숲의 입안에서 잘게 부서지고 싶다. 영원히—

깐 알밤처럼.

뛰어든다.

부서진다.

천국

나는 풍요로와야 비행을 해요
가난해야 사랑을 합니다
방자하다 할지라도, 무위를 어쩔 수 없어요

첫사랑 이가 그랬습니다
무책임하다, 쓸모있는 핑계라 배웠어요
나무랄 사람은 누구도 없습니다

꽃도 미치도록 슬플 적이 있어요
밤비는 공연히 내리는 것이 아닙니다
줄기는 말을 아낍니다
흙은 당장이라도 준비가 되어있어요

자,
이제 몸을 벗어요

어서

입을 열어

천국을 잉태해요

불시에 나는 계절이 우울했다

소란스러운 날이면 일탈이 필요했다
그때마다 나는 지평선에 올라타
계절을 하나씩 까먹었다
천천히 음미하고 다 먹은 뒤에도
한참을 뻐끔거렸다

삐뚤빼뚤 치열 사이로 낙엽과
빗물이 튀기는 슬라트 지붕과
지혜의 콧노래가 젖비린내와 함께
뒤섞였다

그래야 겨우 또 하루를 견딜 수 있었다

내 발가락 사이로 침묵의 계절이 스몄다
갓 태어난 탈북민의 아이가 눈을 비볐다
몇째인지 나는 잘 모른다

나의 지식은 누가 지어주었는지도 모르는

고작 내 이름 외자뿐이다

사랑의 신

여기
땅을 내려다보는
신이 있다

저기
하늘을 올려다보는
인간이 있다

두 시선의 그림자가
공중을 유랑하다
투명한다

좌르륵
또 하나의 계절이 열린다

신은
고민한다

제3의 계절을
무어라 이름 붙일까

인간이
구름을 띄운다
그리곤

사랑이어요!
이 계절은 '사랑'이어요!

신이 웃는다

영원행 열차

영원행
열차에 올랐네

사랑이 머무는 길을 여럿 지나
봄이라는 정류장의 당신을 떠올렸네

당신이 있어 준다면 얼마나 기쁠까

하나 애타는 내 마음 모르고
많고 많은 길 중 하필 당신은
스치는 길의 종점에 서 있네

시간이 벌써 이렇게나 흘렀다니
미처 안아줄 새도 없이

가는 머리를 쓸어 넘기니
후두둑 이별이 떨어지네

두꺼운 손안에는 꿈틀대는

지난 생, 소녀가 미처 전하지 못한 말들

너무 빨라 세어보지 못할 시간들 사이

여전할 그 소녀

그 시간을 멀리 스쳐

지나갔던 그 소년

영원행

열차에 올랐네

아름다운 우리는 영원히 남는다

제2의 눈으로 보는 세상은 실재보다 밝아서
우리는 꾸밈 없는 얼굴로 렌즈 안에 담길 수 있고
두려움 없이 해변에 누울 수 있고
어둠 속을 걸으며 영화(英華)를 고를 수 있다

고심 끝에 고른 단어를

포근히

나무 밑동에 올려두면
풀들이 이야기를 들려주고
잘 익은 이야기를 새들이 물어
바다 위에 풀어준다

곱게

함께 지은 이야기가 뭍의 이에게 닿는다

그는 이제 배낭여행자가 되어 전 세계를 누빈다

제3 세계까지

어쩌면 우주로

시시각각 생멸하지만

이 아름다운 이야기는 영원히 남는다, 우리 곁에,

아름다운 우리 곁에

찰나의 찬란

노력해도 안 되는 것들이 있다
하나, 당신에게도 때는 분명히 있다
그 바람으로 오늘도 우리는 살아간다

나는 보았다
다락에서 맞은 우리의 첫 새벽,
팔딱이는 당신의 심장을
우리를 에워싼 대지의 것들을

시인의 말

시인의메시지가뭐예요?

제가시인도아니고그걸어떻게알겠어요

그냥기분좋을때 갑갑할때아무생각없이

소리내면서 휘갈겨쓰면서 흥얼거리면서우는거죠

시의힘을믿어요?나는안그래요

우직한글의어깨에머리를기울이다미색모조지덮고

한잠자요무드있는성탄가을날처럼

시는항상거기에있어요당신이소원하는

숫제내일아침메뉴를고민해요그나저나

시인이뭐요?

안녕, 오랜 나의 벗이여

안녕, 오랜 나의 벗이여

나는 불을 안고 날아가오
자네는 불꽃을 피우시오

자네는 고개를 높이 들고
나는 창자의 출입구를 비틀고

나는 日의 편집을
자네는 月의 고도를

자네는 막다른 섬의 외딴 섬
나는 천사의 밀려오는 파도

황망과 황홀의 첨예한 경계에서
나의 유일한 유품인 수기를 태워주오

타다닥 타닥 타닥타닥

몸과 가슴이 떨어져 나가는 신음의 소리

모든 감각은 우리를 기억한다오

안녕, 나의 좋은 벗이여

순수시

나의 생각보다, 당신의 생각보다
나는 훨씬 더 당신을 애정합니다.

일찍 일어나는 새가 벌레를 잡아먹듯
부지런해지기 위하여 노력합니다.

새벽에 깨어나면 맑은 공기를 많이 마실 수 있습니
다.
조용히 산길을 걸으며 한 번 더 띄웁니다, 당신을.

밤은 깊을수록 별이 총총합니다.
최대한 늦게 자기 위하여 당신을 셉니다.
하나, 둘, 셋, 세다 보면 백한 번쯤 당신의 웃음을
봅니다.

아, 당신은 자연입니다.
나는

당신 머리의 어제입니다.

당신 지문의 마을입니다.

당신 심장의 철길입니다.

당신 갈비의 오두막입니다.

당신 발목의 통증입니다.

당신 호흡 사이의 꽃향기입니다.

순결의 당신,

나를 있는 힘껏 끌어안으십시오.

추신

우리가 만든 문장들에 봄이 내렸어요.

재회

나는 적색을 그리고 임은 물색을 칠하니
우리는 만났지요

나는 밤을 좇고 임은 숲을 헤매니
우리는 만났지요

나는 책 읽는 것을 잘하고 글과 언어는 임을 따르니
우리는 만났지요

나는 임을 연모하고 임은 나를 모를 테니
우리는 만났지요

세상이 멸하고 어린싹이 움트니
우리는 머지않아 곧 만나겠지요

행복

행복은 단순한 만큼 아름답다.

빈 캔버스

나의 색깔이 너를 함빡 덮어버리는 날이 오면
나는 나를 죽일 거야

우리의 그림에서 나를 지워
버려야만 했던 너의 태초의 선을 되찾을 수 있다면
나는 가차 없이 나의 왼손을 부러뜨릴 거야

당신의 도움이 필요해
당신의 삶에서 나를 영원히 묻어

우리를 둘로 토막 내 지나가는 쓸쓸한 이에게 발견
되도록
밤의 아무 곳에나 버려줘

밑그림이 없었다면 쓸 것이 없었다면 서울이 없었
다면

ㅔ

ㄴ

ㅏ

가 아니었다면

사는 것이 행복했을까

복권

다
제 복
제 운명
이라는 말
수용한다

그 중
지지리도
못난 보석이 있다

생은 당첨이지만
삶은 꽝이었다고
외는 이의 마지막 얼굴과

성기게 흐르는 눈물을 보았다

자유 인간으로서

계속 늘려가야 할 마음은

분노 후 용서다

뭉툭하고 연약하고 비릿하고 뭉툭하고

그래

고양이를 좋아하기에 내 귀는 뭉툭했지

그래

나무를 좋아하기에 내 뿌리는 뭉툭했지

그래

책을 좋아하기에 내 문장은 뭉툭했지

그래

아버지를 좋아하기에 내 증오는 뭉툭했지

내가 내는 소리는 살과 살에 접혀 뭉툭했고

내게 나는 냄새는 근육과 근육의 방화로 뭉툭했고

내 뒤통수에 뻗친 힘줄은 외부의 강한 충격에 뭉툭
했고

내 자라난 꼬리뼈는 네가 쥐여준 작은 조약돌에 뭉
툭했고

달그락달그락

해결의 칼자루를 쥐려

무한개의 이성의 방을 두드렸고

쓰레기 더미에 임시 거처를 짓고

듬성듬성 보이는 감성의 밤을 난자했지

피습당한 나의 고양이야 나무야 책아 아버지야

아버지야 아버지야 아버지야 아버지가

사모하는 나의 아버지야

광대가 부서져도 나의 아버지야

광명이 아니어도 나의 아버지야

미워하기에 나의 아버지야

귀청이 떨어져 나가도

악취에 질식해도

골이 토막 나도

하나 남은 딸년 소식 묻지를 말지

애꿎은 명줄 말고 차라리 눈이나 멀어 버리지

그래

고양이를 미워하기엔 네 귀는 뾰족했지

그래

나무를 미워하기엔 네 뿌리는 뾰족했지

그래

책을 좋아하기엔 네 문장은 뾰족했지

그래

아버지를 미워하기엔 내 증오는 뭉툭했지

일요일

나른한 일요일입니다. 오늘은 오랜만에 늦잠을 자고 이른 점심을 먹었어요. 요즘은 소년에 대하여 많이 생각합니다. 소년(들)은 잘 있을까요. 밀린 일이 산더미입니다만, 첫눈이 오기 전 하루라도 빨리 여행을 다녀올까 봐요. 그런데도 소년이 잊히지 않는다면, 그땐 종일 숲을 걸을 계획입니다. 소년의 품으로 안깁니다. 그러니까 오늘까지는 열심히 글을 쓰려고요. 세상에 처음 마카롱을 내보인 파티시에 감사를 전하는 오늘은 일요일입니다. 모두 편안한 일요일 보내시길 바라요.

- 일요일의 집에서 -

구름처럼 뿌리처럼

나는 크지 않다
그렇다고 작지도 않다
그래서 우울은
묽지도 않고 질지도 않다
삶을 향한 열망은
나를 줄기차게 따라다닌다
죽음은 나를
곁에 두려 하지 않는다
나는 사랑하지 않는다
그래서 당신이라는 당신이
얼만큼의 당신인지
알 수 없다
늙으면 다 알게 되겠지
어느 곳에도 속해본 적 없는 내가
무얼 알까 싶다
장기가 쪼그라들고 반딧불이가 길을 내어
숲으로 돌아갈 즈음이면

비로소 나는 알 수 있을까

그냥 이대로 지나가겠지

그냥 이대로 흘러가겠지

구름처럼 뿌리처럼

영월

오가는 것이 자연의 순리라지만, 가는 연은 늘 아프기만 합니다.

이른 아침, 동네 뒷산에 다녀왔습니다.

오늘도 앙증한 생이 여럿 죽었습니다.

나는 신을 포기하고 보다 짙은 심연의 살생에 가담하였고,

그 죄로 새벽의 눈물이 되었습니다.

때론 안정의 부재가 온 우주를 무너뜨리기도 하지요. 단 한시도 그 젖은 눈망울들을 지울 수가 없습니다.

그런데도 신은 또
내 앞에 나비 한 쌍을 보내십니다.

이로써 난 서넛의 별을 이고서
다시 삽니다.

갈지, 낼지는 나의 역할이 아닙니다.

내일의 태양 빛이 얼마나 찬란할지 나는 모릅니다.

이 역시 자연의 지당한 순리니까요.

산에 난 발자국은 누군가 마지못해 버리고 간 마음입니다.

새벽을 걷는 아버지를 껴안은 고독입니다.

오늘도 나는, 아무 연고도 없는 곳에 생의 흔적을 남깁니다.

흔쾌히 자리를 마련해준 그에게 진심으로 감사 인사를 전합니다.

반갑습니다. 저는 지금 영월입니다.

삶

그대에게

겨울입니다.

눈앞이 흐린 겨울입니다.
마음이 추운 겨울입니다.
희망이 죽은 겨울입니다.
열꽃이 핀 겨울입니다.
괴괴한 겨울입니다.

봄이 올까요?
봄은 올까요?

그렇담 봄은 무엇입니까?
어떤 색입니까?
어떤 향기입니까?
어떤 마음입니까?

겨울입니다.

굴뚝에서 피어오르는 연기로 서로의 안녕을 알리는 겨울입니다.

잠잠한 모양으로 점점 작아지다가 사라질 것이 분명한데,

그래도 다시 괴괴한 겨울입니다.

너무 뜨거워 마음껏 타버린 바다의 소식을 나 홀로 묻습니다.

잔물결 아래 폭발을 준비하는 봄의 신호를 볼 때가 좋았습니다.

전부 살아서 만났으면 좋겠습니다.

그날의 암호는 온화한 미소입니다.

– 종렬 –

153

종렬

때때로 걷고, 머물다, 떠나기를 거듭한다.

모든 이의 모든 밤이 편안하기를 기도하는 마음으로 산다.

독립출판물 『모든 불안은 밤으로부터 왔다』, 『모든 병은 너라는 사랑으로부터 왔다』, 청춘 문고 시리즈 『모든 불안은 밤으로부터 왔다』가 있다.

절망의 아침에 절망하는

2021년 1월 26일 1판 1쇄 발행

지 은 이 종렬
발 행 인 이상영
편 집 장 서상민
편 집 인 이상영
디 자 인 서상민
마 케 팅 박진솔
퍼 낸 곳 디자인이음
등 록 일 2009년 2월 4일:제300-2009-10호
주   소 서울시 종로구 효자동 62
전   화 02-723-2556
메   일 designeum@naver.com
blog.naver.com/designeum
instagram.com/design_eum

＊잘못된 책은 바꾸어드립니다.